DE ONDE ESTOU JÁ FUI EMBORA

DE ONDE ESTOU JÁ FUI EMBORA

ALEXANDRE LANDIM

MOINHOS

© Editora Moinhos, 2019.
© Alexandre Landim, 2019.

Edição: Camila Araujo & Nathan Matos

Assistente Editorial: Sérgio Ricardo

Revisão, Diagramação e Projeto Gráfico: Logolândia

Fotografia da Capa: Nadja Kouchi

Capa: Sérgio Ricardo | Logolândia

Dados Internacionais de Catalogação na Publicação (CIP) de acordo com ISBD

L257d
Landim, Alexandre
De onde estou já fui embora / Alexandre Landim.
Belo Horizonte, MG : Moinhos, 2019.
96 p. ; 14cm x 21cm.
ISBN: 978-85-45557-98-2
1. Literatura brasileira. 2. Romance. I. Título.

2019-610
                                    CDD 869.89923
                                    CDU 821.134.3(81)-31

Elaborado por Vagner Rodolfo da Silva — CRB-8/9410

Índice para catálogo sistemático:
1. Literatura brasileira : Romance 869.89923
2. Literatura brasileira : Romance 821.134.3(81)-31

Todos os direitos desta edição reservados à Editora Moinhos
editoramoinhos.com.br
contato@editoramoinhos.com.br

Não preciso do fim para chegar.
Do lugar onde estou já fui embora.

Manoel de Barros

UM

Tripulação, pouso autorizado.

Iríamos, enfim, pisar em terra firme. Logo que diminuímos de altitude, a aeronave iniciou manobras para alinhar em direção à cabeceira da pista. Notei Macedo apreensivo; olhava para mim, simulando normalidade, e virava o rosto para o corredor. Uma hora o pamonha fechou os olhos e beijou um crucifixo que levava no pescoço. Eu, ao contrário do que sempre acontecia em viagens aéreas, estava tranquilo e bem acordado.

Sacudia meu caderninho de anotações em busca do celular da Ester quando o sujeito me entregou um cartão de visitas amarrotado, fazendo com que definitivamente eu não encontrasse o número da Ester. Na cartolina havia informações para contato e o texto: Escavadeiras HB&M; "se precisar, estamos aí", ele me disse em seguida. Na breve conversa que tivemos na segunda perna do voo, Macedo falou que estava indo vistoriar a escavação de lagos para a criação de peixes em grande escala. Não investiguei muito a coisa por desânimo de papo-furado. Poderia ter contado algo sobre o Boris, meu peixe beta, e a sua aversão a rações de artrópodes; apenas disse que eu era cientista social – informação incompreendida – e, portanto, não entendia nada de pedra, terra, areia ou lama. Ainda inventei que era casado e seria pai dali um mês. Senti culpa pela mentira, mas já era tarde.

Cheguei a São Paulo com dezoito anos, no verão de 2004. Admitido no vestibular, aluguei a primeira vaga encontrada numa república estudantil e me transferi de Bebedouro para a capital paulista. Fui morar num apartamento malcheiroso com outros dois caras: Abu e Jesus. Além deles, havia os hóspedes que apareciam ocasionalmente no Feudo, sem avisar, é claro. Geralmente colegas de curso que furtavam cervejas da geladeira e fumavam na varanda, a despeito das súplicas do Jesus e das queixas do síndico com relação ao cheiro de "grama queimada", que apesar de não incomodar a totalidade dos vizinhos, era melhor evitar.

O apartamento ficava próximo à faculdade, sendo um local de encontros fácil e previsível. Em algumas épocas, o Feudo mais parecia um albergue para desocupados do que uma república estudantil. O sofá estava sempre repleto de bitucas, embalagens de comida e latinhas de alumínio. A cor natural do piso era o branco-encardido. E de domingo a domingo, a pia conservava-se cheia de pratos e copos em estágio avançado de decomposição. Os únicos seres vivos a se importarem com a situação calamitosa da cozinha eram insetos, das mais diferentes espécies, que habitavam as redondezas e nos visitavam com bastante frequência. Um amigo, estudante de engenharia ambiental, nos alertou que em pouco tempo a república se tornaria uma grande lixeira, nos obrigando a sair de lá.

Naquele dia, levantei às seis horas e confirmei pela enésima vez o horário do check-in no cartão de embarque. No Feudo, só estávamos eu e o Boris. Aparei água morna no chuveiro e preparei um café meio sem gosto. Arrumei as bagagens e fui ao Posto de Vacinação do Terminal da Barra Funda, na zona oeste. A vacinação contra febre amarela era obrigatória para quem tinha como destino os estados amazônicos. Mas ainda poderia contrair malária, uma vez que não há vacina ou qualquer fármaco que lhe dê imunidade. O procedimento mais eficaz para não pegar a doença é andar com uma raquete elétrica chamuscando todo mosquitinho que voe na sua frente. Para quem não é capaz executar *forehand* ou *smash* enquanto dorme, e não sabia se estaria vivo dali a alguns meses, a possibilidade de convulsionar e delirar nos finais de tarde não parecia o fim do mundo.

Pior seria não ver Ester. Fomos colegas em algumas disciplinas da graduação; cúmplices em trabalhos em duplas e seminários para docentes sem brio. Dona de um corpo naturalmente planejado, odiava as matérias de política clássica. Preferia estudar populações indígenas. Isso que fazia no doutorado em Roraima; pesquisava a interação da comunidade Maturuca, da etnia Makuxi, com religiosos católicos ligados à Teologia da Libertação. Eles ocupam a Terra Indígena Raposa Terra do Sol, de onde se defendem do avanço de garimpeiros e outros lacaios. Muitos chefes do executivo e pessoas ligadas ao Ministério Público apoiam a invasão da agroindústria sobre as terras indígenas. Ester lidava com um tema delicado. Mas quando bitolava num assunto, se entusiasmava de verdade.

"Ainda aflita com índios pelados, Ester?" eu lhe perguntei em nossa última conversa, quando avisei que iria visitá-la.

Cheguei ao terminal por volta das nove horas. Tive dificuldades até descobrir que a vacinação é oferecida no Ambulatório dos Viajantes. A má sinalização não contribuiu. Uma enfermeira dos olhos de violeta pediu que eu preenchesse um longo questionário com endereço, telefone, CEP, e outras informações das quais eu não me lembrava.

Qual vacina?

Febre Amarela.

Para onde está indo?

Depois volto pra casa.

Digo, qual estado irá visitar?

Ah! Roraima.

Já tomou as outras?

Havia um cartaz fixado na geladeira: Febre amarela, Dupla adulto: difteria e tétano, Tríplice viral, Hepatite B.

Acho que nunca tomei contra Hepatite.

Marque um *xis* no item Hepatite B, por favor.

E caso já tenha tomado?

Não vai morrer por isso.

Ela retirou as seringas da embalagem: "Olha, descartáveis", apontando a agulha na minha cara. Lembrei da ocasião em que Abu fez uma aposta com o Jesus, depois me contaram a patifaria. "Disse ao Jesus que se ele comesse os *nuggets* esquecidos no forno há semanas, eu pegaria o glicosímetro de minha avó e mediria o nível de açúcar de minhas nádegas, fazendo uma comparação entre as duas". Jesus pôs ketchup e mandou o salgado pra dentro. "O louco comeu aquele troço e falou 'agora é você'". Abu não teve opção, furtou o aparelho de sua avó e picou a retaguarda inúmeras vezes, até conseguir sangue para colocar nas tiras.

Descobri que a diferença no nível de glicose entre as minhas nádegas é de mais ou menos 40 miligramas por decilitro. Uma possui 90 e a outra 130, isto é, tenho uma nádega diabética e a outra não. Resolvi marcar um exame de sangue no laboratório para não ter dúvida.

E depois? Perguntei morrendo de rir.

O mais difícil foi explicar para dona Carminha como as suas papeletas de medição sumiram do kit diabetes. O tonto do Jesus está torcendo para que eu seja diabético. Assim, o desarranjo na madrugada terá sido útil para identificar uma doença minha.

A enfermeira deu três batidinhas na seringa e afundou a agulha no meu braço direito; olhei para o lado esquerdo, onde havia o Zé Gotinha sorrindo num cartaz de vacinação infantil.

Os avisos luminosos de apertar cintos foram acesos. Ficou tudo escuro no avião.

As comissárias se apressaram e foram se amarrar em seus bancos retráteis. Afivelei o cinto e abri a persiana.

Antes de ir a Boa Vista, agendei uma consulta com o Dr. Oliver, médico britânico de rosto largo e óculos descontraídos. Nada justificava outra visita em tão pouco tempo. Ele questionou se eu notara alguma alteração em minha saúde. Respondi que não, apesar da fraqueza nos membros e de outros efeitos colaterais das medicações, que poderiam envolver incontinência urinária, confusão mental, e arritmia cardíaca. Estava mesmo preocupado com os meses seguintes; como seria a vida após o diagnóstico, se resistiria e tudo mais. Sem traquejo, mas com a devida paciência, Oliver precisou de meia hora para dizer que os sintomas viriam ocasionalmente; ficar em casa não retardaria a evolução natural da doença, tampouco estenderia a minha sobrevida. Sua voz era rouca e trazia um sotaque carregado: "o único tratamento possível é a partir dos fármacos, viva normalmente, rapaz". Era a terceira vez que nos encontrávamos desde a primeira consulta, há cerca de um mês. Ele sempre falava a mesma coisa: "a descoberta súbita de um mal congênito provoca no paciente o sentimento de medo, claro, mas a pior atitude que você pode ter agora é perder energia pensando nisso. Melhor aguardarmos os próximos meses, por ora descartaremos a cirurgia". Oliver me recomendou psicoterapia. Afirmei que pensaria no assunto; agradeci o conselho e fui embora.

Senti que o futuro dali em diante não passaria de uma imensa nódoa acinzentada. Nenhuma crise histérica ou ataque de desespero me ocorreu desde a hipótese inicial, quando eu soube que as dores na canela e a febre repentina poderiam ser mais graves que luxação óssea ou virose. Mantive a calma e procurei raciocinar de modo objetivo. Eu não tinha a menor noção do que estava acontecendo com o meu corpo, muito menos seria capaz de imaginar o que aconteceria no futuro. Reprimi o desespero até o fim.

Saindo do Ambulatório dos Viajantes, lembrei que precisava ir à sede do banco onde trabalhei por dois anos para acertar as últimas burocracias referentes ao Seguro Desemprego e Fundo de Garantia. Estava liso, após raspar a conta na compra de uma mala e um par de tênis que não arrancasse a sola na primeira pisada. Com um algodão fixado no braço por dois esparadrapos na horizontal, lembrando pinturas corporais aborígenes, embarquei no metrô rumo à estação da Sé. Desci e fiz baldeação para a linha azul, até o Paraíso, tomando cuidado para não levar esbarrões no ombro, que ainda doía um bocado. O tempo começava a esquentar. Saltei na Consolação e comprei uma água na máquina de comidas, ao lado da máquina de livros, com histórias dignas do preço: um real e 99 centavos. Caminharia dois quarteirões da Avenida Paulista à Alameda Jaú. Na altura do Conjunto Nacional, minha perna direita travou. O músculo não obedecia aos comandos do cérebro. Eu dizia, vai, siga em frente, droga, mas ele teimava em não avançar, como uma criança embirrada. Encostei-me à vitrine de uma loja de celulares e busquei descansar. Um mendigo me abordou e pediu a água, que estava pela metade. Entreguei a maldita garrafinha e arrisquei continuar. Andava com dificuldades, parando a cada 20 metros para alongar a coxa.

A sede do banco ficava num prédio arrogante de quinze andares. A porta de vidro espelhado nos dava a impressão de, ao nos aproximarmos, sermos atores de filmes sobre fortunas em disputa no capitalismo financeiro, candidatos de *reality show* de recrutamento, ou qualquer outra emissão deprimente da televisão aberta. Além da central de *Home Banking*, havia outros departamentos no edifício e inúmeras subdivisões especializadas em surrupiar os clientes com taxas invisíveis a olho nu.

Aproveitei para me despedir de alguns colegas: duas estagiárias que beijei na última festa de fim de ano; o supervisor pedante, fã de blues; e a gerente que namoriscava os garotos do T.I. Outros colegas estavam no horário de almoço. Avisei que mandaria um e-mail coletivo. Nunca o fiz. Acertei as burocracias depressa, assinei tudo sem ler nada e dei o fora. Não queria demorar naquele lugar.

Percorri o saguão desejando boa tarde aos seguranças com a estranha sensação de que jamais tornaria a vê-los. Considerei uma boa ideia almoçar no "china" da rua de trás. Lá, o sabor da comida e a limpeza do ambiente eram medidas inversamente proporcionais. Serviam *yakisoba* de carne e frango e rolinho primavera de goiabada. As mensagens dos biscoitos da sorte falavam sempre de um futuro sublime e ingênuo. Inventadas pelo próprio dono, Li Kai, geralmente continham erros de gramática. O tom universal das frases admitia qualquer situação. Nas últimas vezes, eu sequer abria o papelzinho para não me aborrecer com os chavões.

Foi possível ouvir o som do trem de pouso se abrindo, acompanhado de um ligeiro solavanco no piso.

Pela janelinha quadrada era possível ver em disposição radial as luzes das casas e dos postes de Boa Vista. Dizem que Paris é assim. Meus ouvidos taparam com o aumento da pressão nos procedimentos de descida. Engoli saliva repetidas vezes, puxando o lóbulo da orelha a fim de equilibrar a pressão no interior do crânio.

Ester sempre buscou ser autônoma. Na época da faculdade não se preocupava em agradar a ninguém, algo comum em locais onde adolescentes tardios brincam de envelhecer. Integrou o movimento estudantil. Era popular em diversos grupos sem, no entanto, se vincular a nenhum deles. Certo dia, bateu boca numa assembleia de curso dizendo que o Centro Acadêmico não deveria marcar reuniões nos horários das aulas, pois os exames finais se aproximavam. Contrariamente, o núcleo duro do C.A. defendia que aqueles eram os momentos de maior frequência no prédio. Quando um sujeito, autointitulado Boina, subiu na mesa onde estavam os membros da *chapa* e esbravejou "eu quero que as máscaras caiam", Ester jogou o microfone no chão e entrou para a sala. Abriu o caderno e começou a tomar notas da aula em andamento. Objetiva, essa é uma palavra que expressa bem o seu modo de encarar a vida. Quiçá, por isso tenha se formado antes do prazo e já estivesse cursando o doutorado perto dos Makuxi.

Até onde nossa intimidade permitiu, soube que vivera um casamento desastroso após concluir o ensino médio. Seu *ex* tinha um transtorno de personalidade esquizoide, o que o tornava ciumento, agressivo e, até mesmo, delirante. Certa vez ameaçou agredi-la. Em retribuição, Ester trancou o valentão no apartamento e levou consigo todas as chaves e os telefones que tinham. Por último, ainda escreveu um bilhete debaixo da porta: piranha é a sua avó.

A única vez que visitei um *nightclub* foi no aniversário do Jesus. Faz cerca de três anos. Abu inventou de fazermos uma festa surpresa para nosso colega de república. Convidamos as pessoas de sempre e quem mais levasse bebida. Quando as biritas acabaram e os convidados inconvenientes dormiam no sofá ou no tapete, Abu teve a "estonteante" ideia de darmos um presente original para o Jesus. Não entendi bem o significado do termo "original"; cogitei que fosse patifaria, vindo dele, não era possível esperar muita coisa.

Entramos cinco pessoas no carro do Abu, o único sóbrio, mas que dirigia como se estivesse bêbado.

Você vai matar a gente, *porra*.

Ele passava por lombadas tão rápido que batíamos a cabeça no teto. Nas esquinas, jurávamos que o carro tombaria; nos sinais fechados, Abu tingia o asfalto de pneus carecas, como lápis sem ponta. Certa hora, a besta quadrada quis ultrapassar um caminhão numa curva e por sorte não bateu o Opala 1976 vermelho vinho.

Procurei pelo cinto de segurança. No lugar do cinto convencional, havia um de couro, daqueles que os homens usam com calça social em casamentos ou formaturas. Estava dividido ao meio e fixado nos ferros do banco com um parafuso. Dava para atá-lo na cintura usando a fivela dourada. Abu inventou esse equipamento "contemporâneo" para enganar os guardas, caso fosse parado numa *blitz*, episódio que, lamentavelmente, nunca aconteceu.

Fomos ao Casarão no Baixo Augusta. Dois seguranças posicionados sob a luz ruborizada guardavam a minúscula porta de acesso à escadaria. Subimos cuidadosamente. Os patamares eram estreitos. Só conseguíamos apoiar a metade dos pés, da ponta do dedão até o local onde Fernanda dizia ser o plexo solar. Tropeçar ali produziria um efeito dominó capaz de agitar as colunas daquele covil.

No interior, após um rápido giro em 360 graus, percebi que não havia nada fora de série. A dúzia de sujeitos que bebiam, solitários ou em duplas, tinha os olhos naufragados. Acheguei-me no balcão, onde estava uma mulher de meia idade. Rosto árabe e narigão proeminente. Bebericava gelo e refrigerante assistindo a um televisor no alto. O cabelo molhado e a fragrância de glicerina indicavam cuidado com a higiene. Fez contato visual. Receoso, chamei o *barman* e apontei uma garrafa na prateleira. Sem a perspicácia necessária, tossi com a bebida forte. Ela riu.

Aqui os homens bebem cerveja. Logo se vê que não é entendido.

Devo ser um péssimo ator.

Sem dúvida. Veio namorar hoje?

Minha face ardeu, não sei se pela pergunta, ou pelo efeito do álcool.

Estou com uns amigos... olhei para trás e vi o Jesus sumindo por uma cortina de miçangas; Abu escolhia uma música no *junkebox*; e os demais conversavam com outras meninas, que sorriam e se maquiavam interminavelmente.

Quer experimentar?

Não estou com muita vontade hoje, obrigado.

Ela se virou e continuou a tomar golinhos de refrigerante com água. Eu poderia ter ido para perto dos rapazes, mas vendo a sua expressão de desapontamento, reanimei o diálogo:

Você trabalha todas as noites?

Eu deveria te cobrar por isso. Conversar também faz parte do programa.

Não precisa responder se não quiser.

Parece que está curioso para saber como funcionam as coisas aqui. Esse é um lugar para pessoas espertas. Tá vendo aquela menina sentada ao lado da porta, lembrando um saco de batata?

Sei.

Seu nome é Cassandra. Ontem ela roubou um cliente meu. Ficou olhando, se jogando, até conseguir. O cara é cheio da grana. Eu já havia fechado o programa e esperava que ele terminasse a cerveja para subirmos. Era só pegar a chave e a camisinha com o seu Juarez, que já estava avisado de segurar o quarto maior pra mim. Mas a cocota se botou tanto pra cima do homem que ele se levantou e foi até a mesa dela.

Você não fez nada?

Poderia ter jogado na lama, como outras meninas fazem, mas não vou descer do salto. Os donos não gostam de barraco, afinal, espantaria os outros clientes. A pequena não vai durar muito tempo aqui. Sou cadela velha.

E o trabalho, como é? Quero dizer...

Rá! Você é uma graça, menino.

Não quero ser abelhudo.

Fui com a sua cara de neném, vou abrir o jogo: o contato físico é o menor possível. Não tem esse negócio de se esfregar não, entendeu? Cliente não é namorado, muito menos marido. Nenhuma menina abraça, beija, faz carinho... Somos artigos à venda, e produtos não amam.

Os pneus tocaram o solo. A inércia impulsionou nossos corpos para frente. Me segurei. Discretamente meu comparsa de viagem fez o sinal da cruz e ligou o *smartphone*.

Contrariando os avisos das comissárias, o Escavadeiras Macedo fez uma chamada tão logo a aeronave diminuiu a velocidade. Quem sabe, o problema que ele fora resolver fosse semelhante ao que aconteceu no Chile, quando um grupo de mineradores-escravos permaneceu preso em um buraco a 720 metros de profundidade por 69 dias, decorrendo no resgate mais emocionante transmitido em rede mundial e patrocinado por uma famosa marca de óculos de sol. Ao final do salvamento, todos os mineradores ganharam, além da própria vida, um modelo espelhado com filtros bloqueadores de UVA e UVB.

O Sol estava quente pra burro quando voltei do restaurante chinês golfando pimentão e cebola. Tomei um relaxante muscular e arranquei o curativo do braço. Parei na beirada da cama; Boris se recusava a comer as bolinhas de ração. Se, porventura, eu morasse numa redoma de vidro, também faria greve de fome. Além de tudo, as pancadas no vidro que Fernanda dava para chamar a atenção do peixinho pareciam insuportáveis. Com as açoitadas, Boris não iria mais se preocupar. Dei-lhe a minha palavra que compraria um aquário maior quando retornasse da viagem, com casinha, bomba de filtragem e pedrinhas. Abu foi nomeado o responsável por alimentá-lo e trocar a água. Se eu não voltasse, Boris herdaria meu violão e os CDs do U2, e minha mãe herdaria o Boris.

Fernanda foi minha namorada, por ausência de um adjetivo mais exato para classificar o nosso relacionamento. No início, ela dormia comigo somente às sextas-feiras. Nesse período, deixou algumas roupas no armário e nas gavetas. Em seguida incluiu os sábados e as sandálias. Depois os domingos e uma coleção de lingeries. E antes que a progressão romântico-aritmética nos levasse a morarmos juntos com o seu guarda-roupas, terminei o relacionamento. Nenhuma criança foi envolvida no caso, felizmente.

Isso aconteceu pouco depois do meu pai morrer, e antes do diagnóstico. Embora houvesse uma proximidade temporal, os dois eventos não tiveram qualquer relação de causa e efeito. Foram coincidências num universo inacabável de possibilidades.

Quando morreu, o velho tinha 72 anos, braços fortes e muito apetite. Não era um grande sujeito, fez várias burrices ao longo da vida; deu três ou quatro calotes em clientes e empresas e bancou o espertinho em negócios fraudulentos. Sempre se "esquecia" de devolver as coisas que pedia emprestado. Mesmo assim, era meu pai. Até aposentado continuava trabalhando como restaurador de carros em Bebedouro. Sua mão tinha a mesma textura de asfalto virgem. Além de automóveis, ele pintava os cabelos e o bigode. Nunca ousei dizer que achava cafona. O velho morava na oficina com um vira-lata que um dia surgiu por lá e ficou.

Bebia diariamente no Ramiro, regressando à oficina de madrugada. Era recepcionado efusivamente pelo cão, que não dava a mínima para o bafo de álcool e o ranço de suor. Uma noite saiu e não voltou. Teve um infarto no bar. Ainda tentaram socorrê-lo, esmurraram o seu peito de qualquer jeito para reanimá-lo. A ambulância chegou e só cumpriu o protocolo. Seu falecimento causou grande comoção no bairro e no cachorro, que até hoje dorme em uma carcaça enferrujada de fusca.

Na esteira de bagagens, meu vizinho de assento ergueu o polegar em minha direção. Tive vontade de ignorá-lo e acabei retribuindo a gentileza. Fingir não ter visto o aceno de despedida seria algo tacanho, mas as cinco horas ao lado do Macedo foram suficientes para enjoar da sua existência na Terra. Apanhei a bagagem e fui em direção à saída. O hálito quente de Roraima me nocauteou. Comecei a transpirar. Procurei por Ester na floresta de cabeças que se forma no portão de desembarque. Imaginei que tivesse se atrasado. Fucei os bolsos da roupa e a caderneta mais uma vez, na esperança de encontrar o seu número de telefone.

DOIS

Passei mais de uma hora dando voltas no aeroporto. Ia até a calçada, onde ficavam os táxis, contornava por uma porta lateral e voltava a entrar. Resumindo: eu andava em círculos. Como era de madrugada, o movimento diminuiu quase a zero. Só havia algumas pessoas pescando, com mochilas e travesseiros no colo. Fui ao orelhão e tirei o fone do gancho. Demorei até acertar o telefone do Feudo. Bloqueado. Eu não me lembrava de nenhum outro número, exceto o da minha mãe, mas não estava com a menor vontade de lhe telefonar. Ela faria, como sempre, uma enxurrada de perguntas, eu me irritaria e nós brigaríamos. Eu seria levado a falar sobre o seu amigado e ela responderia que até hoje eu não era capaz de me manter sozinho. Ela começaria a chorar e eu desligaria. Por essa razão, não telefonei.

O painel *Departures* marcava duas horas. O sanduíche da Gol no trecho São Paulo–Brasília fora minha última refeição. Tão nanico que acabou em três mordidas. Um restaurante *fast-food* de massas estava aberto na praça de alimentação. Sentada atrás do caixa, uma garota mexia no celular. Dei um leve assobio de alerta e pedi a promoção.

Aceita cartão?

Sim. Vai beber algo?

Cerveja.

Tá indo viajar agora?

Cheguei a pouco. Estou esperando uma amiga.

Te observei saindo por aquela porta um milhão de vezes.

É, sou agoniado.

Já avisou a ela?

Não tenho celular. Fui roubado e me recuso a comprar outro aparelho. Saber que posso ser importunado me chateia.

Quer usar o telefone daqui?

Perdi o número – depois dessa, ela deve ter me achado um asno.

Quem sabe sua amiga chegue daqui a pouco.

É...

Você é de onde?

Para uma atendente, até que a moça fazia perguntas demais.

São Paulo.

Quer a bebida agora?

Julguei se o álcool anularia o efeito dos remédios, como o Dr. Oliver não havia dito nada, peguei a latinha e fui me sentar.

Atrapalhei um bocado de gente ao deixar o carrinho com as bagagens na entrada do banheiro. Precisava vigiar para não ser roubado. Meu pouco dinheiro estava disperso na mala e na carteira. Escovei os dentes e me juntei à seita de dorminhocos do saguão. Escolhi um local visível, se Ester chegasse, logo me veria. Fiquei ao lado de um bigodudo que lia sobre as finais do campeonato brasileiro de polo aquático numa revista especializada. Peguei um travesseiro inflável na mochila e permaneci numa falsa atitude *blasé*. Cambaleava de sono quando uma garota se aproximou e falou meu nome. Tinha as passadas largas e as canelas finas; a mesma elegância de uma garça. Não respondi, então ela disse o meu nome outra vez. Era a garota do restaurante. Sem o uniforme lhe dissimulando, dava pra ver a sua beleza.

Como sabe meu nome?

Li no cartão.

Ninguém consegue ser anônimo hoje em dia.

Quer um lugar pra dormir? Moro com meu pai numa casa não muito longe daqui.

Sério?

Sim. Disponibilizamos nosso sofá num site de *coach surfing* faz algum tempo. Quando eu for a São Paulo você retribui a gentileza e tá tudo certo.

...

Decida rápido. O primeiro ônibus vai passar logo mais. Estou entrando de férias e não quero ficar aqui nenhum minuto a mais.Não foi uma tarefa fácil equilibrar as bagagens e manter o diálogo com a ruivinha. No banco da frente, um tipo dormia e chibatava a cabeça na janela; ele acordou assustado e olhou para nós. Perguntou se havíamos passado pelo bairro São Qualquer Coisa. Não. Pediu que o avisássemos. Antes da resposta, voltou a dormir.

O que você faz além de vender lasanha salgada?

Tava salgada?

Um pouco. Por sorte não tenho pressão alta.

Valeu pela sinceridade. Nunca reclamaram.

Mesmo assim tava boa.

Não tenta consertar. Sou fotógrafa.

Que bacana. Fotógrafa de quê? Cachorro, modelo ou casamento?

Paisagens e pessoas anônimas.

Admiro quem tem uma segunda profissão.

Não é uma profissão. Fotografo como *hobby*. Fotografia, assim como Literatura, Teatro, e outras artes, não deveriam ter o peso de gerar dinheiro.

Entendo. Estudei ciências sociais, também possuo uma vocação incrível para profissões mal remuneradas. Cheguei a cursar letras e pensei em editoração. No fundo, as opções eram equivalentes.

Se um dia der certo, ótimo. Mas ganhar dinheiro com fotos, não é o meu objetivo. Pretendo fazer um trabalho que me satisfaça. Fotografar batizados, por exemplo, acabaria com a minha criatividade. Não tenho a mínima paciência.

O sujeito da frente agora estava com o lado direito da cara enfiado no vidro; ele se levantou e puxou o sinal. Passou por nós com os olhos vermelhos e agradeceu. Tinha a testa e as bochechas repletas de espinhas. Parecia voltar de alguma festa de festa de gala.

Vai ficar de bobeira no seu primeiro dia de férias?

Tedoidé? Amanhã viajo para a Bahia. Faz dois anos que guardo dinheiro para ir à Chapada Diamantina. Um sonho.

Bárbaro!

Vamos, o nosso é o próximo!

Ela morava numa casinha apertada na beirada de Boa Vista, dividindo o quintal com outras habitações. Manu precisou forçar a maçaneta para abrir a porta. Pude ver uma estante preenchida por livros e as paredes forrada de quadros. Me espantei com a qualidade das fotos.

Não faz barulho.

Tudo bem.

Ela entrou num dos quartos e me trouxe lençol e travesseiro. Disse que estava *brocada*. Foi à cozinha e bebeu um copo de leite; me ofereceu algo, mas sem insistir muito.

Já jantei, obrigado. Falei em tom de gozação.

Dorme no sofá. Se ajeita aí.

E o seu pai?

Não se preocupe com ele.

Manu se enfiou lá pra dentro e trancou a porta. Tirei a roupa e me estiquei no sofá. Acabei expulsando, sem querer, um gato preto que dormia entre as almofadas. Ele desceu e soltou miados resmungões. Tinha os olhos verdes. Estava puto comigo. Conformado, deitou-se no tapete. Tomei os analgésicos e anti-inflamatórios; fiz carinho na cabeça do bichano, que ronronava, até pegarmos no sono.

Apesar dos remédios, despertei sentindo uma baita dor lombar. A madeira do estofado pressionou o meu quadril o tempo todo. O cheiro de café era forte. Na verdade, o que me acordou foi o som de utensílios de cozinha se chocando. Portas de armário batiam, xícaras e pratos eram lavados ao mesmo tempo. Nem mesmo a orquestra de crianças da PM, em seu primeiro dia de aula, faria um barulho tão infernal. Evidente que Manu se esforçava para produzir ruídos de qualquer espécie. Retorci as vértebras e estiquei os músculos. O gato preto havia sumido.

Quer café?

Quero, obrigado.

Vesti a roupa quando Manu se virou. Na sala, além da minha bagagem, havia uma mala grande de rodinhas, além de mochilas e sacolas. Estavam ao lado da porta. Provavelmente eram equipamentos de fotografia. Olhei curioso.

São os equipamentos que levarei para a Bahia. A maior parte ainda estou pagando, logo, não encoste, viu?

Ok.

Faz poucas semanas que comprei uma câmera da Nikon. Tem vários recursos. Quero estreá-la na Chapada.

Nunca imaginei que precisasse de tanta coisa para fotografar. Julgava suficiente uma máquina.

Depende. Uso o básico. Estou levando duas lentes grande ocular de 14 e 20mm, um filtro polarizador e outro de densidade neutra, bateria extra, tripé e um controle remoto.

Controle remoto?

Para não tremer quando a câmera está no tripé, num lugar de difícil acesso.

Genial.

Também levo uma teleobjetiva, a mais cara e pesada de todas. Quer leite? – ela gritou da cozinha.

Manu trouxe uma bandeja com xícaras e fatias de pão aquecidas na torradeira. Afastou um Buda da mesa de centro e acomodou tudo. Estava vestida com jeans e regata. Os cabelos volumosos, presos num rabo de cavalo no alto da cabeça, deixavam à mostra uma pequena mancha no pescoço, um semitom acima de sua pele.

Você carrega tudo sozinha?

Tinha um parceiro de viagem, meio namorado, meio ficante, mas brigamos e ele desistiu. Verei se arranjo um carregador por lá. Decidiu o que vai fazer?

Não há muito o que improvisar por aqui sem conhecer ninguém. Boa Vista não é propriamente uma cidade turística.

O gato surgiu na janela pelo lado de fora. Olhou pra nós e ficou arranhando o vidro. Imaginei por onde ele teria saído. Manu se levantou e abriu o vitrô. O bichano deu um salto com duplo amortecimento e se deitou no sofá, de onde havia sido expulso.

Qual nome dele?

Zanguetzo.

Oi, Zanguetzo! Acho que ele não gostou de dormir no chão.

Ele é folgadinho.

Seu pai ainda tá dormindo?

Vou te contar uma coisa. Jura que não vai me achar uma retardada?

Prometo.

A história de que eu moro com meu pai é uma medida de segurança. Moro sozinha faz tempo.

Boa ideia. Conseguiu me enganar.

Minha mãe faleceu e meu pai se casou de novo. Tem um filho recém-nascido e tudo. Não vai me atacar, né?

Não. Fica tranquila. Não integro o time de tarados em potencial.

Perguntei se podia usar o computador para entrar em contato com alguém que soubesse o número da Ester. Manu foi lavar a louça e ajeitar a bagagem. O Pentium 4 ficava numa escrivaninha na cozinha; o

Pentium demorou alguns minutos até fazer a varredura do antivírus e abrir o Mozilla. Escrevi para Ester confirmando o seu número e perguntando o que deveria fazer. Opa, um alerta na caixa de entrada: *Delivery Status Notification (Failure)*: Endereço não encontrado.

Preciso ir para o aeroporto. Vou chamar um táxi. Você está na merda!

Obrigado por me lembrar.

Tava pensando... Você não quer me acompanhar até a Chapada? Me ajudaria a carregar os equipamentos. É pá-pum, pegar ou largar.

Ela pescou o Zanguetzo:

Vou levar o meu bebê para a casa da vizinha. Dá tchau pro titio. Tchaaauuu.

Para irmos a Lençóis, seria preciso tomar um voo até Salvador e embarcar numa aeronave bimotor rumo à pequena cidade no Parque Nacional da Chapada Diamantina. O tempo estimado de viagem era de seis horas. Estávamos em frente ao portão de embarque, na confusa Salvador, quando me questionei se foi uma boa ideia ter aceitado o convite da ruiva. Troquei as passagens de volta para São Paulo e entrei no cheque especial a fim de bancar a altercação. Não havia me sobrado quase nada para gastar nos próximos dias. Numa crise de ansiedade, liguei para o Macedo.

Inventei uma história delirante, falei que havia sido assaltado e estava devendo no hotel. Ele acreditou e disse que depositaria uma quantia no dia seguinte. Outra esperança era receber em breve o valor do seguro desemprego e de um videogame comercializado para o tonto do Abu.

Manu fuçava, de maneira aporrinhadora, alguma rede social no celular.

Você pode olhar nesse seu treco de rede social o paradeiro da Ester? Saber se ela morreu, se casou...

Se o perfil dela não for bloqueado, consigo. Qual é o sobrenome?

Ester Quirino.

Nada feito. Nenhuma Ester Quirino no Orkut.

Embarcamos. O aroma de morango exalava dos lábios de Manu. De vez em quando ela fazia uma bola para estourá-la a seco. Iríamos dormir na cidade de Lençóis e então contratar alguma agência de ecoturismo na manhã seguinte, que nos levaria de carro até as cidades das atrações *ecoturísticas*. Manu se fascinou pela caminhada *Santiago Tupiniquim*, no vale do Pati, sugestivamente conhecida como caminhada "rala bunda". Fiquei animado para mergulharmos no Poço do Diabo; mas o único que fez algo próximo disso fui eu.

Era minha segunda viagem de avião em dois dias. Roguei praga ao sujeito que teve a ideia de servir amendoins em aviões. Pipocas fariam muito mais sucesso. Manu agora se divertia com um joguinho de cartas. Puxei conversa.

Você nasceu em Roraima?

Nasci na Guiana Francesa, onde vivi boa parte da infância. Meu pai é francês e minha mãe russa. Se conheceram na Nicarágua, nos anos 1980, e foram para a Guiana atraídos pelo novo ciclo do ouro.

Após a confissão de Manu sobre a sua origem francófona, me impressionou a quantidade de franceses que desembarcaram em Lençóis. Além destes, havia estrangeiros de outras nacionalidades. Em geral, branquelos *hipponga* de cabelos cuidadosamente desgrenhados, batas de grife e chinelos de dedo.

Começou a chover.

Precisamos de um táxi, o aeroporto fecha às 17h e só reabre semana que vem – Manu disse, colocando um fim nos meus planos de comprar uma passagem de volta para a civilização, se necessário. O hospital mais próximo ficava a mais de 150 quilômetros de distância, em Feira de Santana. Na melhor das hipóteses, seriam necessárias duas horas de viagem para ser socorrido às pressas.

Conseguimos um táxi após uma rápida disputa com um casal de alemães. Corri e me atirei entre os arbustos do estacionamento para abrir a porta do Voyage e arremessar as mochilas, garantindo que não ficaríamos ali. O voo para Salvador era o único da cidade e saía somente às quartas-feiras. Pedi ao rapaz que ligasse o ar-condicionado. Ele fuçou todos os botões até encontrar onde acionava. O clima da região era úmido e abafado, do tipo sauna a vapor. Na maior parte do tempo, o céu conservava-se fechado, mesmo que não chovesse.

Entramos na área urbana, cortada pelo rio que dá nome ao município. O motorista estacionou na rua mais ilustre da cidade, com as casas de pé direito baixo e janelas compridas, formando um arco na parte superior; destoando das pick-ups importadas rasgando os paralelepípedos ao som de músicas remixadas.

No Hostel Zig Zag, Manu foi ao balcão para fazer o check-in. Eu estava faminto, por isso não consegui raciocinar bem quando ela questionou se poderíamos ficar num quarto coletivo. A ruiva também perguntou se era melhor escolhermos o dormitório com banheiro interno ou externo, ar condicionado ou ventilador, vista para a igreja ou para a rua. Estava concentrado lendo os preços dos refrigerantes na geladeira da recepção e não respondi. Comprei um chamado *Leão de Judá*, o gosto açucarado não era muito ruim.

Preenchi a ficha com uma caneta que falhava nas proparoxítonas. O quarto tinha as janelas cor de rosa e cheirava a mofo. Logo vimos a enorme infiltração, em formato de *ovni*, no teto. O banheiro, apertado e sem ventilação, dava pra rabiscar um desenho com a ponta do dedo nos ladrilhos. Era possível usá-lo se não encostássemos no vaso e na pia. Por sorte, chegamos antes dos hóspedes que haviam feito as reservas pela internet e foi possível ficar no beliche perto da janela. Manu e eu estávamos satisfeitos em pagar uma mixaria pela hospedagem, mesmo que fosse insalubre e pudesse nos causar sinusite.

TRÊS

A despeito do feriado de Nossa Senhora Aparecida, não havia sinais de festejos na cidade nem nos rostos dos habitantes. Comércio fechado e ruas desertas. Uns poucos restaurantes funcionavam. Passamos em frente a uma agência de turismo *adventure* cujo logotipo fazia alusão ao filme *Jurassic Park*, numa promessa de ousadia e adrenalina. Inesperadamente, a Secretaria de Turismo estava aberta. Dois funcionários jogavam uma bobagem no computador. Perguntei se tinham um mapa da região. Se entreolharam. Algum guia ou catálogo? Não. Folder com informações de segurança? Nada.

Decidimos ir a uma pizzaria de aparência razoável, numa sequência de cinco portas estreitas. Pedi uma broto de marguerita, ela escolheu o recheio "De tudo" e um suco de mangaba, fruta típica. Quando os pratos chegaram, a sua pizza aparentava ser bem melhor, e o suco, igualmente, delicioso. O restaurante consistia num pequeno salão de jantar, *La cucaracha*, nome adequado para o ambiente escuro com azeitonas no chão, algumas com patas e a incrível capacidade de se movimentarem sozinhas.

Manu começou a trabalhar muito cedo, ajudava a mãe na confecção de bolos e docinhos para festas. Ao completar catorze anos, arriscou ser modelo, incentivada por familiares e amigos que achavam as pernas finas e os olhos expressivos incomuns para a sua idade. Nunca saiu de Roraima. Fez campanhas publicitárias para lojas de Boa Vista e, após uma temporada de deslumbramento, entendeu que a atividade de modelo era uma grande baboseira e meteu o pé. Não se reconhecia nas fotos. Cabelo irreal, maquiagem exagerada, poses e trejeitos impraticáveis por um ser humano. Sem falar nos infinitos assédios que aconteciam disfarçadamente. Era assim o tempo todo, um inferno.

Nessa época tive contato com a câmera e passei para o outro lado da foto, me fascina o *instante* de um anônimo na rua, uma paisagem por um ângulo jamais visto: a vida que ninguém vê. Nunca entrarei novamente num estúdio, tenho urticária só de pensar: olha só – me mostrando as manchinhas naturais de uma pele ruiva.

Terminamos de comer e desejávamos apenas *dormir sobre os louros*. Antes de sair, indagamos a respeito das atrações locais ao garçom de *Black Power*. Ele respondeu obviedades: Morro do Pai Inácio, Poço Azul, Poço Encantado. Na parede ao fundo, havia a fotografia de um homem negro de expressão respeitosamente nobre.

Aquele é o nosso guru espiritual, Pedro de Laura. A maioria dos nativos tem esse retrato em casa.

Manu se interessou e quis saber mais.

Hoje é festa de Cosme e Damião, terá jarê na Casa de Pai Gil de Ogum.

Ela se virou sorrindo: vamos? Vamos, respondi automático. O nome do garçom era Inácio, o mesmo que batiza o morro mais conhecido da região. O rapaz falava demorado:

Será às 20h. A Casa de Pai Gil fica na Rua do Fórum, conhecem?

Não – Manu respondeu apressada –, mas encontraremos.

É fácil de achar. O local é pequeno, então cheguem 19h30 e me procurem.

Ótimo. Respondi sorrindo amarelo, enquanto Manu se perguntava qual lente seria mais adequada levar.

Entramos no hostel torcendo para que o chuveiro tivesse água quente. Na recepção, em vez da jovenzinha que nos atendera antes, Indiamara, estava um senhor de aparência servil e dentes volumosos, guardando certa afinidade com as teclas de um piano desafinado. Ele avisou que os nossos companheiros de quarto haviam chegado. Manu revirou os olhos e bufou, igual a uma legítima francesa. Seguimos para o dormitório esperançosos de que nossos colegas não fossem psicóticos, ladrões ou *serial killers*. Bati na porta por cortesia e entramos. O som de água delatava alguém na ducha. Demos de cara com um indivíduo de rosto pálido e olhos miúdos. Cumprimentei-o dizendo que dividiríamos o dormitório naquela noite. O sujeito respondeu algo incompreensível. Tentei estabelecer contato em inglês, mas o seu sotaque era saturado. Balancei a cabeça positivamente. Seja lá o que ele tivesse dito, eu acabara de concordar. Manu mexia nas bolsas quando o outro hóspede, enfim, saiu do banheiro. Usava camiseta polo de listras e bermuda florida, evidenciando sua inabilidade estética. Quase sem pescoço, a cabeça oval era abocanhada pela camisa; nos saudou em português com acento espanhol. Manu esbarrou no sujeito ao entrar no banheiro.

Tentei falar com seu amigo, mas não entendi nada.

Ele *es* croata e fala *inglés muy* mal.

Notei. Você é de onde?

Minas Gerais. Vim *hacer* esta *viaje* de férias e convidei *mi* amigo espeleologista para me acompanhar. Él adora *caviernas*.

Mas você é natural de qual país?

Soy brasileño.

Impossível. E o sotaque *ar-rentino*? Eu disse trocando o "g" pelo "r".

Essa *mierda* de sotaque *fue la* sequela de *un* acidente. *Una* longa *historia, después yo cuento.*

Achei inusitado, mas fiquei quieto. Fui até a recepção acessar a internet outra vez. Abu respondeu que não tinha previsão de me pagar. Era um caloteiro inútil sem vergonha. Prestes a completar 31 anos, quase foi jubilado por reprovações no quinto semestre. Desempregado, arriscou sobreviver de participações em grupos focais. Grupos focais são técnicas de pesquisa de marketing feitas a partir de conversas coletivas realizadas em salas de espelho, equivalentes a delegacias de filmes americanos. Contudo, nas pesquisas de marketing os criminosos trocam de lugar com as vítimas. Abu falou isso certa vez num grupo focal de uma rede de supermercados. Obviamente, foi convidado a se retirar. Negou-se. Chamaram os seguranças. Na luta corporal, o infeliz derrubou as bebidas e os salgados do bufê. Por sorte, uma senhora rosinha salvou os croquetes e a jarra de suco de abacaxi. A partir de então, o nome do Abu passou a integrar a lista negra dos recrutadores das empresas de pesquisa de mercado. Depois, a única coisa que ele se queixava era de ter perdido a ajuda de custo que todos recebem ao final do grupo.

Chegamos ao terreiro de Pai Gil de Ogum acompanhados de nossos confrades. Perguntaram para onde iríamos e se convidaram, na cara dura. Estavam sem programação para aquela noite e desejavam aproveitar a estada na cidade.

Manu usava um vestido branco que permitia ver a sua calcinha em relevo no tecido liso. Alertei e sugeri que trocasse, sem sucesso. Ela passou algo brilhante nos lábios e calçou sandálias de couro e palha. Estava linda com a câmera a tiracolo. A rua do Fórum era uma das mais antigas. Logo avistamos Inácio usando roupas verdes. O local era uma lavanderia chamada *Orquí*dea Laundry, com o terreiro atrás. Apresentei os turistas atrevidos ao Inácio, que em seguida cumprimentou a ruiva com um desnecessário beijo no rosto, recomendando desligar o *flash*, a pedido do Pai-de-santo, que autorizou as fotos desde que as imagens não fossem comercializadas nem postadas na internet.

Entramos por um corredor estreito, cujo final era um surpreendente quintal com plantas, flores e uma árvore. Havia uma casinha rústica. Na sala principal, pessoas conversavam sentadas em bancos de tijolos construídos nos pés das paredes. Havia muita comida: acarajé, vatapá, pirão, galinha, carneiro e vários tipos de farofas, chamadas "fufu", segundo me explicou Aninha, a principal Filha de santo do terreiro, filha de Iansã. As comidas salgadas e os doces estavam servidos numa mesa enfeitada com arranjos de papel crepom e bexigas coloridas. Manu não se apeteceu pelo repasto, já o brasileño e o croata atacaram, pareciam estar há meses sem comer, os parvos. Inácio nos apresentou ao curador, negro forte de barba grisalha, responsável por sanar males físicos e espirituais. Tive vontade de me consultar, quem sabe as suas recomendações fossem mais eficazes que as do Dr. Oliver, sem a necessidade de cirurgias e medicações intravenosas potencialmente desestabilizadoras.

Sentamos, exceto o croata, que se perdeu no furdunço. Não devia ser acostumado a frequentar bagunças organizadas como aquela. Quando a movimentação aumentou, percebemos o início do ritual. Apagaram-se as luzes e velas foram acesas. As roupas cintilantes dos iniciados brilhavam. Todos adornados com guias e pulseiras. O trio de atabaques batia nas peles com os punhos firmes e os rostos virados. O ritmo, primitivo e envolvente. Toca-se primeiro uma música para Exu, com a finalidade de despachar a casa. Oferendas em seu nome foram postas nos fundos do terreiro. À medida em que a música e a dança ficavam mais agitadas, os filhos e as filhas de santo incorporavam.

O curador pediu que fossem guardadas as encruzilhadas, porteiras e cancelas que levam até o terreiro. Num determinado momento, entendemos que Inácio havia incorporado um caboclo – Sultão da Mata. O brasileño e o croata observavam admirados. Manu fotografava desesperadamente, regulando a abertura do diafragma por conta do ambiente mal iluminado. Devia estar se sentindo a encarnação de Pierre Verger. Fui nomeado assistente de câmera, minha função era segurar a tampinha da lente e uma bateria extra. Começaram a cantar uma música em homenagem aos santos gêmeos; peguei meu caderninho e anotei o verso:

São Cosme, São Damião

Vieram de beira mar

Ajuda o dono da casa em primeiro lugar

Ajuda eu, São Cosme

Ajuda eu, sambar

Inácio, ou Sultão da Mata, tirou Manu para dançar. Sambavam e giravam na cadência dos tambores. Precisava ver o sorriso da ruiva. Não demorou muito e o Pai de santo a retirou do núcleo das atenções. Aparentemente Manu era a única que dançava sem estar incorporada. Os iniciados formaram uma roda e o Pai de santo assumiu o controle da situação, conduzindo rezas e cânticos. Algumas pessoas de branco, que estavam sentadas, se dirigiram para o interior de um círculo de pólvora. "Venha também, filho de Oxalá", disse o curador, me estendendo a mão. Carregado de uma brusca fé, me apresentei no círculo. O brasileño e o croata esbugalharam os olhos; Manu sorriu. Nas paredes, crucifixos, terços e imagens de orixás. O curador proferiu em voz monotônica uma narrativa de minha vida. Sua fala era linear e improvisada. Descrevendo passagens genéricas, nomeou poderes para que deixassem o meu corpo. Fui envolvido por admoestações, perfumes e uma lata de leite em pó com incenso. O curador desfez um novelo de linha e esfregou em mim três panos: preto, vermelho e branco, nessa ordem. A mesma ação foi repetida diversas vezes em todos que estavam de pé. Por último, o círculo de pólvora foi queimado. Aninha varreu as cinzas para fora do terreiro. Rojões estouraram e os caboclos voltaram a bailar, inclusive Iansã e Sultão da Mata.

Ao perceberem o reinício da dança, o brasileño e o croata correram para a mesa de doces, onde havia bolos confeitados e brigadeiros – *Muy bueno eso.* Manu esgotara a bateria da câmera e aparentava estar cansada, com os cabelos desgrenhados e o vestido sujo. Já passara da meia-noite e eu havia esquecido dos remédios. Levava um brigadeiro à boca quando o Pai de santo se aproximou. Ele disse que não era o curador quem falava, mas o caboclo Sete-Serra:

O mal foi forçado a sair, agora é com a ciência.

Muito obrigado. Queria me consultar, mas nem foi necessário pedir.

Seu problema necessitava de ligeireza. Não é bom ultrapassar as etapas do jarê, mas há casos urgentes.

Agradeço mais ainda.

Você deveria ficar aqui no terreiro, na camarinha, como os outros doentes, por sete dias, recebendo cuidados.

Não posso. Estou no meio de uma viagem.

Evite carne vermelha e práticas sexuais, pois abrem o corpo. Deixe sua alma cicatrizar.

Antes de nos abraçarmos em despedida, o curador me receitou aroeira e me recomendou que procurasse por Aninha. Ela me ensinaria a preparar a erva da maneira correta. Sete-Serra ainda fez uma vaga menção à minha perna e a uma espécie de multiplicação indesejada.

Não consegui dormir, apesar do sono. O croata roncava, e o brasileño falava idiomas estranhos. No colchão duro, precisei de travesseiros extras, os quais pedi ao Sr. Piano. O letreiro da hospedaria ao lado desenhava mandalas no teto e nas paredes do dormitório. Brinquei de encontrar imagens no dossel. Um nadador fazendo respiração lateral ia de encontro a um dragão. Admirando uma constelação de corações e um cabrito verde, adormeci pensando onde Ester teria se enfiado.

Manu jogou um travesseiro na minha cara tão logo o sol nasceu. Fomos os primeiros a chegar à agência de ecoturismo *Volta ao Parque*. Com a decadência das lavras, Lençóis se descobriu vocacionada ao turismo ecológico de aventura, nos disse Renatão, dono da agência. No escritório havia uma mesa rústica e duas cadeiras em formato de tronco. Atrás dele, fotos dos principais roteiros da Chapada Diamantina. Poderíamos escolher entre seis opções de passeio: Volta ao Parque, Trekking, Bike, Expedição Fotográfica, Poços e Buraco, e Serra das Paridas. Renatão nos entregou um folder com as descrições dos roteiros e os valores. Manu gostou da Expedição Fotográfica. Os pontos mais altos faziam parte da programação, com duração de sete dias. Em letras miúdas, no canto esquerdo do folder, um alerta: *atenção, favor nos avisar caso seja claustrofóbico.*

Não teremos expedição fotográfica esta semana. O guia pegou caxumba.

Sete dias seria muito tempo – disse Manu.

Casal, querem uma dica?

Nenhum de nós corrigiu aquela afirmação e ficou por isso mesmo.

O melhor passeio é Poços com Buracão, que pode sair diariamente, amanhã inclusive, caso seja formado ao menos um grupo de quatro pessoas. São 540 km de carro e 8 km a pé. O nível de dificuldade é de baixo para médio – após a experiência, consideramos essa noção falsa. O primeiro dia da aventura inclui uma visita ao Poço Encantado, localizado numa caverna que recebe um feixe de luz especial nos meses de setembro, criando um espetáculo na água, e ao Poço Azul, onde é possível fazer flutuação nas águas mais cristalinas da Chapada.

Tudo aquilo me pareceu muito marqueteiro.

No segundo dia, o grupo estaciona na vila de Mucugê e visita o cemitério Bizantino. Por fim, tem a caminhada até a Cachoeira do Buracão. O tempo está ótimo e o guia é muito experiente. Nasceu em Lençóis e conhece bem a região. Eu não perderia essa oportunidade por nada.

Faremos esta – Manu escolheu, afinal, eu estava ali como um mero coadjuvante.

Tem alguém interessado além de nós?

Não. Se até amanhã não formarmos o grupo, precisaremos cancelar. Outra opção é vocês pagarem o valor dobrado e garantirem o passeio.

Assinamos um pré-contrato, que envolvia multa em caso de desistência, e combinamos de pagar tudo no dia seguinte. Rezei para ter recebido o valor do seguro desemprego e a ajuda prometida pelo Escavadeiras Macedo. Caso contrário, iria passar vexame e ser obrigado a pedir um empréstimo a Manu. Renatão nos entregou um bloco de folhas de sulfite e preenchemos um longo questionário, esmiuçando nossa vida médico-psicológica desde o nascimento. Pergunta 1: Você tem experiência em turismo *adventure*? 2: Você é claustrofóbico? 3: Possui alergia a mosquitos?

Contei a Manu que fiz treinamento de sobrevivência na selva em duas ocasiões, no exército. Ela não acreditou então relatei o *causo*. Aos 19 anos, após servir no Batalhão de Tiro de Guerra, fui trabalhar no quartel de Salto, cidade próxima a Bebedouro, como uma espécie de secretário geral do sargento Barros, ex-colega do meu pai no ensino primário. Sinceramente, eu era alguém de confiança para encobrir as trapalhadas do sargento. Apanhava o jornal na banca mais longe da cidade, trazendo sempre encomendas de revistas adultas ou de fofoca; além de entregar cartinhas de amor, caixas de bombom e flores para as amantes do velho. Gozando de sua confiança, o sargento Barros não admitia que me ordenassem tarefas pesadas. Desse modo, alimentei o ódio dos outros soldados, os quais passavam os finais de semana de guarda ou limpando fuzis enferrujados e contando as balas no almoxarifado, separando-as por calibre e numeração. Enquanto a mim era dada a regalia de não fazer nada, exceto resguardar as indecências do sargento.

Numa segunda-feira, recebi a notícia de que meu protetor fora transferido para outra cidade, sem aviso. Fiquei maluco, seria o meu fim naquela joça de Batalhão. Ainda faltavam seis meses para o final do contrato e eu não podia abandonar o posto sob o risco de ser preso. Estava enrascado. O novo sargento, Ferreira, me chamou em sua sala:

A mamata acabou, soldado. Gelei, mas continuei em posição de escultura, com os braços juntos ao corpo e as pernas unidas.

Tenho três avisos. Primeiro: nada de ir buscar jornais na "casa-do-chapéu", um motoboy virá trazê-los diariamente.

Sim, Senhor!

Segundo: nada de passear pelo centro da cidade. Tu é um soldado, e não um guri de recados.

Sim, Senhor!

Terceiro: tu estará na próxima turma de sobrevivência na selva. Vai ralar a boina, soldado.

Já participei do treinamento de selva no primeiro ano de serviço militar, Senhor!

Não participou, soldado. Ele afirmou com a voz baixa e firme. Seria inútil contra-argumentar.

Entendido, senhor!

Tínhamos aquele dia livre em Lençóis. Manu decidiu ir à igrejinha da cidade e depois visitaria um local chamado Serrano – crateras com piscinas naturais. Compulsiva, buscava aproveitar cada minuto da viagem para conhecer algo diferente, de preferência bizarro, e fotografar. Não ligava para artesanato, esculturas e porta-retratos, que podem ser encontrados em qualquer local turístico e são todos iguais. Sua disposição para caminhar contrastava com as canelas franzinas e levemente oblíquas, formando um triângulo isósceles. Sabia de cor os movimentos estéticos e arquitetônicos da arte ocidental, fazendo referências interessantes; "aquela igreja é barroca, olha a nave central". Aprendeu sozinha, comprando livros e revistas sobre o tema. Estudou Administração de Empresas numa universidade particular de Boa Vista, mas largou o curso no meio. Disse que nas aulas de economia não compreendia o termo "crescimento econômico", e por que raios não tinha fim.

Eu precisava verificar se havia dinheiro na conta e acessar a internet em outro lugar que não fosse a recepção da pousada. Queria evitar de cruzar com o croata e o brasileño. No trajeto da agência de viagens ao Banco, cerca de 300 metros, fui abordado por pessoas que se diziam guias, ou agenciadores de guias, oferecendo passeios ao Morro do Pai Inácio. Foi só falar no sujeito que trombei com ele em frente à Lavanderia, segurando toalhas de mesa xadrez. Dialogamos brevemente. Inácio perguntou por Manu, e eu desconversei. O sujeito estava interessado na ruivinha. Pediu que eu lhe desse um recado:

Diga a ela para me encontrar mais tarde na pizzaria, tenho um presente.

Esqueci de transmitir o comunicado. Investiguei sobre Aninha, queria conversar com ela sobre as plantas. Inácio falou que Aninha jogava cartas e tarot. Anotei o seu endereço no meu caderninho e pedi que ele a avisasse sobre a minha visita logo mais. Agradeci a Inácio pela acolhida na noite anterior e segui.

Errei a senha duas vezes, na terceira tentativa me lembrei do aniversário de minha mãe e da combinação de sílabas ausente de significado. Macedo havia me transferido uns trocados, mas ainda não estava disponível. A grande novidade era o dinheiro do FGTS, me dando a falsa impressão de ter pratas sobrando. Boa parte do valor seria gasto no passeio e nas diárias da pousada. Havia um depósito estranho de 15 reais, deduzi que fosse do Abu. Deixei o Banco lendo o extrato e entrei numa farmácia, comprei desodorante, repelente e quase levei preservativos.

Próximo ao galpão semiabandonado onde funcionava o Mercado Cultural, achei um *ciber café* bem equipado, com ar-condicionado e cadeiras estofadas. Minha mãe enviou um e-mail perguntando onde eu estava e o motivo de não ter entrado em contato na última semana. Respondi que não se preocupasse e avisei que lhe telefonaria em breve. Abu estava online no bate-papo do e-mail e me falou sobre o depósito. Também contou que o Jesus e a Vládia iriam se casar. Seria uma união repentina. Bem provável que ela estivesse grávida. "A informação procede", Abu escreveu em CAPS LOOK, acompanhado de um *emoji* debochado. Meu tempo estava acabando e eu não pretendia comprar mais créditos. Perguntei se ele tinha o número de celular da Ester. Abu respondeu que não conhecia nenhuma Ester. "Aquela dos índios Makuxi." Não se lembrava. Peguei o cartãozinho do Macedo e lhe escrevi um e-mail agradecendo a ajuda, o mais rápido possível devolveria. Antes de sair, apoiei o caderninho no *mousepad* e o folheei em busca de alguma informação perdida sobre Ester.

O céu nublado deixou de ser uma ameaça e derrubou toda a água acumulada nas nuvens do flanco leste da Serra Sincorá. Os pingos grandes batiam na cabeça e pareciam ter o peso maior que o normal. Corri nos paralelepípedos escorregadios e me abriguei na agência de ecoturismo. Renatão atendia dois clientes. Um funcionário de fala indecisa, usando uma camiseta de dinossauro, me ofereceu um passeio de *mountaim bike* pelas estradas Andaraí. Os outros dois homens estavam de costas para mim. De orelhada, escutei que fechavam o mesmo pacote que eu e Manu contratamos. Renatão embromava no *portunhol* sabonete. Aquele sotaque me era familiar. Eram os nossos colegas croata e brasileño. O croata, apesar da satisfação, não conseguiu articular nenhuma palavra ao me ver. Seus olhos estavam vermelhos e ele ria obsessivamente. O brasileño contou que tinham acabado de chegar de um passeio no Morro do Pai Inácio. Lá do alto conseguiam ver o Morro do Camelo e a BR-242 em direção a Salvador. Para subir, trinta minutos de caminhada que exigia equilíbrio e força nas panturrilhas. O brasileño cochichou que o croata dividiu uma vela lá em cima com o guia. Ele ainda tentou arrancar uma bromélia de uma fenda nas pedras para levar como *souvenir*, mas foi impedido a tempo por um grupo de australianos do *Greenpeace*. Ao final do passeio, o doido quis representar a lenda da região, na qual um escravo fugitivo subiu o Morro e ao chegar no topo abriu um guarda-chuva e pulou, aterrissando suavemente.

Yo debería ter *dejado ese* idiota saltar. *Ahora* me enche o saco.

Estávamos os três encharcados. Após a chuva, retornamos para a pousada. Eu e o brasileiño íamos na frente e o croata, tropeçando nos paralelepípedos, mais atrás. Quase desabou em duas ou três oportunidades. Nosso colega, de sotaque argentino, até que parecia boa gente. Resolvi fazer amizade:

Me explica como aconteceu o lance do sotaque.

Puedo decir que *gané en la* lotería. Esta *es una* doença rarísima. Só *debe* ter uns *sesenta* casos *en el* mundo. Se *llama* Foreign Accent Syndrome, ou Síndrome *del* Sotaque *extranjero*, si você *prefere*.

Não consegui conter a risada. Desculpe, amigo, isso é surreal.

Quién ganha este *pequeño* presente divino *no puede decir algunos* fonemas, *e así*, aqueles que me *escucham* acreditam que soy argentino tentando falar *portugués*. *Yo* soube de americanos com sotaque alemão, australianos de acento *francés*, etc...

Inacreditável. Foi do dia pra noite?

Prácticamente. Faz algunos *años sufrí un accidente* de carro *en* Contagem. Havia *un* carro atravesado na pista *con los* faróis apagados. Bati de *friente, sin frenar.* Pow. Fiquei *en* coma por *una* semana. *Cuando* acordei *estaba un poco* afásico, *no* conseguia encontrar *las palabras. Después pasé* a misturar *los sons,* e a errar no meio das *pronunciacias. Los* médicos demoraram a acreditar. Disseram que era algo *pasajero. Las* tomografías de minha *cabeza* tinham resultados *normales.* Após *trece días en el hospital yo* era *un* argentino *en* Brasil.

Tudo normal nas tomografias? Caraleo!

Los médicos *dijeron* que *la* hemorragia *fue tan* localizada *y pequeña* que *no* aparece *en los exámenes.*

Porra, você deve sofrer um bocado. Fonoaudiólogo, já tentou?

Si, después de *algunos* meses *dejé el tratamiento. No tengo* paciência para *ejercicios vocales.* Ontem, *cuando fuimos* a *la* casa de Ogum falei com *el* curador, que me recetó *un* ritual *con hierbas. El dice* que *podría* ser *un espíritu* ser apoderando de *mi* fala.

Aquela entonação rioplatense de *s* aspirado lhe dava uma personalidade muito original.

Antes de ir *quiero* pedir una *sección* de cura *con* batuques *y* comidas.

Indiamara usava um top branco no estilo gaze envolta na altura das axilas. Pedi para utilizar o telefone, no quarto não havia aparelho.

O minuto para fixo são dois reais. Para celular, três e cinquenta.

Que roubo. Reclamei um pouco tímido e falando suave.

Isso nas chamadas locais. O interurbano fica 20% mais caro.

Já havia prometido que ligaria para minha mãe e deveria cumprir a promessa. Caso contrário, ela pensaria em algum desastre, que morri ou coisa pior. Minha mãe é um tanto ansiosa, e se torna bem criativa quando preocupada.

Ninguém atendia, então escutei a sua voz rouca.

Mãe, preciso falar rápido porque o custo da ligação aqui é imoral. Falei olhando para Indiamara.

Aqui onde, filho? Em que lugar você está?

Estou em Lençóis.

Engraçadinho. Vai dizer que é lençóis da sua cama?

Não. Lençóis, uma cidade na Bahia. Chapada Diamantina.

Jura? E o emprego? Você não deveria estar trabalhando a essa hora?

Fui demitido e resolvi viajar.

Se foi demitido não está em condições de viajar. Combinamos que eu não te ajudaria mais, lembra?

Só liguei para dizer que tá tudo bem. Vou falar rápido.

Eu sempre disse que você precisava tomar um rumo na vida, se organizar...

Quero perguntar uma coisa, mãe. Lembra da Ester, minha colega da faculdade?

Assim você nunca vai ter nada... comprar uma casa... ter um filho...

Mãe. Sabe a Ester que se mudou para Roraima?

Preciso de um neto, sabia? Haha...

Escuta, mãe. Estou precisando do telefone da Ester que estuda em Roraima. Minha ex-colega de faculdade, por acaso você tem?

Não me lembro de nenhuma namorada sua chamada Ester.

Não era namorada, só amiga.

O Paulo tá mandando um abraço. Disse que te arranja um emprego na empresa.

Não quero.

Você já tem ensino superior, ganharia bem.

Vou desligar, mãe.

Dá o telefone de onde você tá hospedado. Você foi sozinho? Quem tá aí?

A ligação está cara. Um beijo, mãe.Calma, filho. O que você foi fazer na Bahia? O Ceará é mais bonito. Tchau. Outra hora eu ligo.

Espera...

Antes de sair em direção à casa de Aninha, estendi a roupa molhada no ventilador de teto. Ainda ensopado, o croata deitou numa das camas e dormiu um sono denso. Eu e o brasileño tentamos acordá-lo com *minitapas* no rosto. Nenhum resultado. Alguém precisava despir o energúmeno para ele não adquirir uma pneumonia ou coisa semelhante. Além disso, o cheiro de cão molhado era intragável. Falei ao brasileño que não ambicionava verificar se o croata tinha marquinha de sunga desenhada nas praias do Adriático. O brasileño fez o serviço sujo e depois o cobriu com uma manta. A temperatura na Chapada havia caído depois da chuva. Coloquei uma camisa de flanela e fui perguntar à Indiamara onde ficava a rua São Félix. Agora, a atendente vestia uma jaqueta jeans, contudo, ainda se via o decote cavado. Eu deveria atravessar o rio e subir a rua adjacente à biblioteca municipal.

Observando o aumento no volume das águas, imaginei o Boris nadando feliz no Lençóis. Me encontrei na mureta e fiquei vendo a água passar por baixo da ponte. Alguém me cutucou pelas costas: era Manu. Seus lábios estavam brancos e ela, presumivelmente, ensopada. Nem por isso deixou de sorrir. Ao seu lado um branquelo loiro, dos cabelos na altura dos ombros, aguardava com cara de palerma.

Que chuva deliciosa.

Cê tá maluca. Odeio pegar chuva.

Mal-humorado, isso sim.

E o He-man, quem é?

Esse é o Jean-Louis, mas todos o chamam de Luís.

Como vai, Jean?

Nos conhecemos no Serrano. Ele me emprestou um saco plástico para eu proteger a câmera da chuva. Você deveria ter ido. É demais.

Já veremos cachoeiras suficientes, amanhã.

Nenhuma cachoeira é igual à outra.

Duvido. Todas são feitas de água e pedra.

Contei ao Lu que amanhã vamos à cachoeira do Buracão. Ele se interessou em ir com a gente.

Sinto muito, as vagas no carro foram ocupadas por nossos parceiros de quarto.

Ah, sacanagem! – ela disse, franzindo a testa.

Os caras são legais, Manu.

Enquanto a ruivinha explicava em francês desenrolado que não haveria como o He-man ir conosco, me despedi. Queria ficar distante do intrometido.

Onde você vai?

À casa de Aninha de Iansã, aprender a preparar aroeira. Você deveria trocar essa roupa molhada para não adoecer.

Bati palmas em frente à casa de Aninha. Ela abriu a janela e gritou "um segundinho".
Aguardei cinco minutos em pé, colado ao portão. Depois, percebi que a noção de segundos dela era bastante subjetiva. Sentei na calçada. Um gato se aproximou, semelhante ao Zanguetzo da Manu. Ele achou um pedaço de tecido no chão e ficou brincando. Tomei-lhe o pano e agitei próximo ao focinho, o bichano dava tapas no retalho colorido. Brotou um cachorro vira-lata creme. O gato correu para um armazém aberto antes mesmo de identificar se era um cachorro ou um sorvete. O cão cheirou os cantos da rua e me encarou. Ajuizou que eu não lhe oferecia perigo e desceu a rua saltitando.
Aninha abriu a porta. Espantei-me ao ver Renatão saindo de sua casa.
Procure fazer hoje, sr. Renato. Tudo acontecerá nos próximos dias. Às vezes não é porque sabemos de algo que podemos evitar.
Gentil com os clientes, Renatão me cumprimentou:
Amanhã cedinho, hein. O guia já está preparado.
Certo!
Vai ser inesquecível.

Não tenho dúvidas.

Aninha pediu que eu entrasse. O ambiente emanava o simpático cheiro de incenso e álcool perfumado. Havia diversas imagens de orixás, caboclos e santos, em particular Iansã e Oxalá. Vi o quanto Aninha era bem-posta, pele acetinada e os olhos amendoados ligeiramente caídos, sinalizando uma possível ascendência cabo-verdiana.

Te fiz esperar muito?

Não se preocupe. Estava brincando com um gato na rua.

É a Pretinha, do dono da mercearia. Uma graça. Aceita um suco?

Ia recusar quando ela disse ser de mucugê, fruta que dá nome à cidade vizinha. Passaríamos por lá no dia seguinte, a caminho de Ibicoara.

Você vai adorar, a planta demora 25 anos para botar um fruto.

Dispostas na estante, ao lado dos santos, garrafinhas com areias coloridas compunham um belo mosaico. Paisagens se formavam pela justaposição das cores. As menores validavam uma técnica de difícil manejo. Eram confeccionadas por ela mesma para serem vendidas aos turistas. A menorzinha custava dez reais e a grande cinquenta. Comprei duas miúdas para presentear alguém. Os grãos coloridos são apanhados num lugar chamado de Salão de Areias Coloridas, atrás do Serrano. Além da beleza e do complexo de rochas, pedras e pequenas grutas, o lugar é bom pra namorar, ela disse.

Se quiser, te levo lá.

Seria ótimo. Falei, simulando não ter entendido.

Em Lençóis, há muitos anos, Aninha apreciava o contato com a natureza e a tranquilidade do lugar. Mudou-se de Salvador ainda pequena e cresceu assistindo à transformação da cidade de uma economia garimpeira para o turismo de aventura. De repente, o vilarejo foi colocado no mapa. Seu pai largou a vida de ambulante na capital e se tornou *dragueiro* na Chapada, utilizava bombas de sucção para extrair terra do fundo dos rios em busca de diamantes arrastados dos morros pela força das águas.

Na estante, um violino tímido descansava. Perguntei de quem era.

Foi presente de um namorado alemão, Friederich. Nos conhecemos aqui em Lençóis. Ele me visitava a cada cinco ou seis meses. Caí na conversa fiada do descarado. É músico na orquestra filarmônica de Berlim. Me ensinou a tocar algumas coisas:

Insisti ao ponto de ela arriscar a introdução de *Für Elise*, de Beethoven.

Tá um pouco desafinado, abstrai.

Aninha fechou os olhos. Ficou graciosa a combinação do turbante afro com a música clássica.

Nada mal, vale a pena praticar mais.

Perguntei se ela sabia o motivo da minha visita, se Inácio havia lhe dado o recado. Sim. Fiquei contentíssima.

Na verdade, não é só uma visita. Gostaria que você me ensinasse a preparar a erva receitada pelo curador.

Sério? Mas o Inácio falou que...

O que ele disse?

Esquece. Qual erva o Pai de santo te receitou?

Aroeira.

Aroeira é um extraordinário anti-inflamatório. Vou buscar.

Aninha trouxe um saquinho com raspas de caule.

Você ferve em um litro d'água e abafa. Toma três vezes ao dia.

Obrigado. Também vim porque soube que você tira cartas.

Me recuso a jogar para um descrente.

É verdade. Não acredito muito, mas queria confirmar algumas coisas em relação à minha saúde. E tenho uma amiga que sumiu, não consigo falar com ela há dias.

Tá certo. Irei verificar se os campos estão abertos.

Sentamos na mesa. Ela pegou uma correntinha de prata com um pingente de diamante e o segurou no alto por cerca de dez segundos e se concentrou.

Os campos estão fechados.

Uma pena, nesse caso vou indo embora. Obrigado pelo suco e pela música.

Levantei e fui em direção à porta. Aninha se antecipou a mim e ficou na passagem entre o sofá e a parede. O único modo de escapar seria pulando o estofado.

Não precisa ter pressa.

Eu preciso ir, é sério.

QUATRO

Na calçada do hostel, aguardávamos o croata. Ele demorou mais que o normal no banheiro e àquela altura ainda estava na recepção falando inglês gesticulatório com a Indiamara para concluir o *check-out*. Pusemos nossas bagagens no chão; o brasileño se sentou na mala em pose de caixeiro viajante, Manu se arranjou no meio fio, e eu fiquei em pé, encostado na parede. Algumas pessoas subiam a rua com sacos de pão e embalagens de leite. O cachorro creme, do dia anterior, desceu a ladeira atrás de uma bicicleta da Monark e me olhou com desdém, depois seguiu o trajeto com a orelha em pé.

Minha bagagem estava alguns quilos mais pesada. Manu enfiou equipamentos de fotografia sem me avisar. Por algum motivo, ela estava emburrada. Talvez porque fui à casa de Aninha e isso tenha lhe provocado ciúmes; ou em razão de eu não ter lhe transmitido o recado do Inácio e ela tivesse descoberto. O fato é que não me dirigiu a palavra nas primeiras horas do dia, nem mesmo quando um esguicho de sua laranja atingiu o meu olho no café da manhã.

Vou ajudar o croata, senão iremos passar o resto da vida aqui. Ela disse e entrou.

Uma Kombi pintada com imagens panorâmicas da Chapada Diamantina estacionou em frente à pousada. Dela, saltou um sujeito baixinho. Ele gritava como se estivesse num programa de auditório.

A partir de agora não tem como desistir. Nos próximos dias vocês irão caçar e preparar o seu próprio alimento, economizar água e dormir no chão. Atravessarão pontes, fugirão de cobras, escorpiões e bichos do mato. Só os fortes sobreviverão.

Somado aos clichês, aquele não era o tipo de ameaça capaz de me assustar. Nos primeiros anos do ensino médio, eu e um colega de classe fomos a Marília, interior de São Paulo, assistir a um festival de música indie num sítio em ruínas. Só havia um ônibus partindo da capital para aquele fim de mundo. Chegamos às 2 horas da madrugada na cidade. Sem um lugar para dormir, tampouco dinheiro para bancar um hotel, o Barbalarga teve a ideia de pernoitarmos atrás de uma pilha de tubos de concreto armado, usados em esgotos, que estavam num posto de gasolina desativado. Na época, os jornais noticiavam o caso de um índio pataxó que fora queimado enquanto dormia nas ruas de Brasília. Recusei a ideia e prossegui em vigília na rodoviária. Já o Barbalarga, caiu no sono dentro de um dos tubos que não estavam emporcalhados. Ser esturricado vivo, sem a mínima chance de reagir, isso sim, é assustador.

Apavorante também era o nome do guia: Jarbaslery, ou simplesmente Jarbas. Trabalhava na agência há dez anos. Conhecia toda a região, por isso foi escalado pelo Renatão para nos levar à cachoeira do Buracão e, por último, a Salvador, de onde cada um seguiria o seu caminho.

Manu e o croata saíram da pousada às gargalhadas. Ele com o rosto avermelhado, típico do leste europeu, e ela com uma maçã rosada de cada lado. Índiamara havia escrito no recibo de pagamento Árvore, em vez de Hrvoje, nome do nosso amigável croata. Manu explicou isso para ele em inglês, e todos acharam graça.

Ajudamos os dois a colocarem as bagagens na parte traseira da Kombi e entramos no veículo. Sentei no último banco, com o brasileño ao meu lado. Jarbas precisou acionar a ignição inúmeras vezes para o motor funcionar, não antes de pipocar como fogos de artifício comemorando a nossa partida. Subimos a Rua das Pedras, passamos em frente à casa de Ogum, contornamos a pracinha do coreto e descemos sentido Mercado Cultural, antigo mercado de escravos, anotei com a caligrafia de paralelepípedos. Jarbas continuou por um longo tempo exibindo os seus conhecimentos geográficos, históricos e botânicos da região. Tínhamos cerca de 160 km a percorrer até Ibicoara, onde fica a cachoeira.

Nossa primeira parada, fora as rápidas passagens para urinar e comer em postos de gasolina, foi na cidade de Igatu, a Machu Picchu baiana. Localizada no alto da serra, a cidadezinha é um resquício da época do ciclo do diamante. A noite e a temperatura caíram, aumentando a sensação de isolamento no topo da montanha. Ficaríamos os cinco hospedados num pequeno hotel, o único da cidade. Ao descer da Kombi, tive a impressão de que minhas pernas não sabiam mais caminhar. Uma porção de formigas marchavam pelos vasos sanguíneos. Fiquei parado, revisando mentalmente como era colocar um pé na frente do outro em sequência. Nossos camaradas, brasileño e o croata, alongaram os músculos posteriores das coxas e esticaram as vértebras, enquanto Jarbas tomava goles vigorosos de um líquido estranho numa garrafinha de isotônico. Manu se afastou com a câmera por uma trilha de pedras. Quando voltou à recepção, já havíamos escolhido os quartos. Eu e ela ficaríamos num dormitório cujas paredes eram imensos pedregulhos. Seria como dormir dentro de uma caverna, a ruiva festejou.

No restaurante, de aparência medieval, tomamos café com leite e comemos pães de queijo. Entramos para os quartos. Jarbas era o único que dormiria sozinho. Manu e eu ficamos um tempo calados. Talvez por não saber o que dizer, ou por medo de dizer demais. Fui à cozinha e fiz o chá de aroeira, coloquei numa garrafa pet para beber no caminho de Ibicoara. Na volta, interrompi o silêncio e pedi que Manu me mostrasse as fotos que fizera em Lençóis. A ruiva ajeitou o equipamento e nos sentamos na cama:

Ainda vou editar, corrigir a luz, o enquadramento...

Numa das fotos, Aninha dançava de cabeça baixa com as mãos para cima, fazendo o vestido amarelo rodar, ao lado dos tocadores de atabaque. Noutra, o brasileño e o croata seguravam pratos rechados de galinha, macarrão e farofa. Também havia uma de mim, no centro do círculo de pólvora em chamas, enquanto o Pai de santo proferia os cânticos finais do ritual. Manu deixou escapar um *selfie* com o Sultão da Mata, que fingi não ter visto. As outras eram fotografias de paisagens ou de estranhos na rua.

Achei essa linda – ela disse de uma em que eu aparecia de costas, usando camisa de flanela, perto do rio Lençóis.

Na câmera, também havia diversas fotos de chão, em que apareciam somente os pés de Manu em sapatos retrô ou tênis coloridos, e um elemento desestabilizador, como uma poça d´água refletindo um prédio, a pena de uma ave, ou pegadas marcando o concreto. Muitas vezes podíamos identificar o local somente pelo pavimento. Ela ia me mostrar outras quando a bateria descarregou. Cruzou as pernas em posição de "flor de lótus", se ajeitou na cama, e sorriu. Seu cabelo cheirava a *aloe vera*. Sem falar nada, me apoiei em seus joelhos e nos beijamos em silêncio; e assim ficaríamos, em silêncio, até a manhã seguinte.

Rodamos mais de 340 quilômetros no "pão de forma" atravessando vales, desfiladeiros e planaltos. Chegamos à sede de Ibiocoara por volta das dez horas. Manu, um tanto acanhada ao falar comigo, reclamava de dor nas costas. O brasileño e o croata discutiam por conta de um protetor solar esquecido em Igatu, ítem essencial para a expedição. Encontramos o guia local num bar da cidade e o seguimos por 30 km em estrada de terra até o lugar onde a Kombi seria estacionada. Fechei o vidro para não comer a fumaça marrom levantada pela *motocross* do Away. Uma hora depois, chegamos na entrada do Parque Natural Municipal Espalhado. A essa altura eu estava com coriza e os nossos colegas já haviam feito as pazes, Manu ofereceu o seu spray solar aos dois e ficou tudo bem.

Na entrada da propriedade, bancos de madeira e um banheiro químico sob a copa das árvores serviram de vestiário para os últimos preparativos antes de iniciarmos a trilha de 3km. Manu, de maiô e short jeans, amarrou as botas *trekking* bem apertadas. Usava óculos escuros em estilo aviador e os cabelos presos. O croata e o brasileño voltaram a discutir, dessa vez por conta de uma garrafa d´água. O brasileño dizia que o croata havia pego a dele, que estava mais gelada; fato negado veementemente pelo croata. Engoli os comprimidos analgésicos e anti-inflamatórios com o chá de aroeira. Pagamos alguns reais para acessar o Parque. Jarbas ficou do lado de fora da propriedade tomando conta do carro e goles de "isotônico". Iríamos a pé até o Poço da Gameleira, onde deixaríamos as bagagens e vestiríamos coletes salva-vidas. Só era possível chegar ao Buracão a nado, ou se segurando nas paredes do cânion, pisando em estreitas rochas lisas. Deixei meu caderninho na Kombi para não molhar ou perder. Na mochila, eu carregava comidas, água, toalhas, e parte dos equipamentos de Manu. Até o retorno, certamente aquilo tudo dobraria de peso. O croata levava pouca bagagem, apenas uma sacola plástica com víveres, e não me ofereceu ajuda. Nos despedimos do Jarbas e adentramos a mata acompanhados do Away, nosso guia credenciado. Uma placa alertava que era proibido fumar, consumir álcool, caçar, pescar, levar animais domésticos ou praticar nudismo. O brasileño tirou sarro dessa última informação, "Ah, entonces no voy más".

Os primeiros vinte minutos de caminhada foram bons, sem grandes problemas. Faltavam quarenta. Em todos os questionamentos que fazíamos sobre o trajeto, Away respondia "é bem ali", como uma maneira de não nos desanimar. De tempos em tempos, éramos surpreendidos por paisagens inesperadas, cachoeiras não listadas em sites e pouco fotografadas. A certa altura, o solo parecia feito de crateras lunares cheias d´água. Tão belas quanto adequadas para os insetos. Mesmo usando repelentes, os mosquitos nos atacavam. Quem mais sofria era o croata, sangue-puro europeu. Ele dava tapas vigorosos no próprio pescoço, deixando-o vermelho vivo. Ofereci meu repelente. "Trilha não se faz correndo, beleza?", Away repetia. Eu transpirava mais que o normal, a umidade do ar era quase insuportável. A vegetação incluía bromélias e orquídeas à sombra das aroeiras. Pude ver o pé da planta receitada pelo curador e seu degradê de frutos maduro e verdes. Andávamos em fila indiana. Away, na frente, parecia deslizar sobre patins, tamanha a facilidade com que transpunha pedras e galhos secos. Logo atrás dele ia o brasileño, segiuido pelo croata, usando um chapéu Indiana Jones e uma camisa xadrez da seleção; Manu e, por último, eu.

Em alguns trechos o vento era forte. Com a garoa fina, as pedras se tornavam cada vez mais escorregadias. Progressivamente reduzimos a velocidade dos passos. Caminhar se tornava difícil. Manu cobriu minha mochila com sacos de supermercado para não molhar o seu equipamento. O terreno deixou de ser plano e se transformou num infinito sobe-desce sinuoso. A ruiva mostrava firmeza nos passos e charme nos movimentos de equilíbrio. Em certos pontos, improvisações de escadas de madeira e cordas nos exigiam exercícios de fé, ao pisarmos em tábuas podres.

Numa dessas escadas, o croata torceu o pé e ficou alguns minutos gemendo de cócoras, gritando palavras que não entendíamos, mas podiamos imaginar. Nenhum de nós teria forças para carregá-lo, se necessário. Away pegou um gelol que levava na mochila e fez massagem no tornozelo dele. Agora Manu se queixava de dores nas coxas. Ela e o brasileño comiam bananas e bebiam água. Estávamos ao lado da cachoeira da Orquídea pela parte de cima, quase chegando no Buracão. Dava pra escutar o barulho da água ao fundo como um contrabaixo natural de acorde infinito. Away falou que era possível ver o Rio Manso despencando por entre as fendas abertas nas rochas. O guia se afastou de nós e foi fazer xixi atrás de um arbusto. Ainda resmungando, o croata parecia se recuperar. Me aproximei da beirada da pedra para olhar as moléculas de água saltando para o nada. Queria ficar bem na ponta e ver o fundo. Caminhei devagar lateralmente; Manu gritou que eu voltasse, era perigoso. Parecendo um caracol com a mochila pesada, ia me abaixando para sentar na borda da pedra quando fui arremessado. Na queda, flashes breves de toda a jornada, desde São Paulo, se projetaram em meus olhos. Um barulho surdo tomou conta da minha cabeça. Ao longe, eu escutava berros, gritos de pânico e a água do rio. Senti enjoo. Não conseguia respirar. Tudo ficou. Escuro. Água força pedra pancada, cabeça perna pancada, Ester sã suave pancada, avião braço forte pancada, caderno cabeça pedra pancada, Abu Jesus água pancada, mãe Fernanda água pancada, Boris Zanguetzo pedra pancada, jarê Manu doce pancada, brasileño croata água pancada, Aninha Inácio fé pancada, bombeiro força água pancada, morrer nascer contrário, força pedra água pancada.

Nove dias depois, quando acordei, Manu disse que o resgate demorou sete horas para chegar. Após o acidente, por longos trinta minutos, não sabiam se eu estava vivo ou morto. Away conseguiu descer onde eu estava e percebeu a minha respiração. Ninguém mexeu em mim até a chegada dos bombeiros. Queriam me pendurar numa corda e içar com o helicóptero. Como o local era de difícil acesso, usaram rapel. Pela primeira vez na vida fiz rapel e estava desacordado. Manu pegou meus pertences na Kombi e revirou minha mochila atrás do contato de algum familiar. Não encontrou. Minha mãe ficaria louca. Só havia o caderninho, forrado de anotações desencontradas, que eu sempre levava no bolso. Pedi que Manu o trouxesse para eu organizá-lo. Ela ficou o tempo todo comigo. Até emagreceu. Quando isso tudo acabar vou dizer que coma muitas lasanhas, com menos sal. Pressão alta destrói o organismo. A comida daqui até que merecia uma pitada a mais de cloreto de sódio e pimenta. Minha mãe chegou de São Paulo um dia depois. Veio sozinha. O seu marido que está pagando toda a conta do hospital. Daria para comprar um apartamento igual ao Feudo. Fui mandado para um pronto socorro público em Feira de Santana. Por sorte, os casos graves tem prioridade e a equipe médica estava de bom humor. Realizaram uma cirurgia para controlar a hemorragia e me colocaram na UTI até a transferência. Manu falou que nossos comparsas precisaram ir embora poucos dias depois. Estavam com as passagens aéreas compradas. De vez em quando, eles ligam perguntando sobre mim. O brasileño virá me visitar quando eu tiver alta. Já o croata, sempre que telefona pede ajuda para alguém que saiba falar português ou espanhol. Compreender o inglês gesticulatório dele por telefone é impensável. O Abu e o Jesus vieram para cá na semana passada. Boris está bem. O peixinho ficou alguns dias sem comer assim que viajei, depois deve ter se esquecido de mim, afinal, seu cérebro não é muito grande. E por falar em animais, Manu trouxe o Zanguetzo para Salvador. Eles estão provisoriamente numa pensão aqui perto. Escavadeiras Macedo me enviou flores, não aguentei o cheiro e pedi que as levassem do quarto. Renatão está preocupado com a repercussão do caso e pediu que eu desse uma entrevista a um canal de TV sensacionalista, mas sou tímido e ainda não respondi. Há dois dias tiraram a sonda da meu pinto. Até que enfim. Não aguentava mais aquele troço no canal urinário. Minha mãe trouxe um netbook, onde passei muito tempo organizando isso tudo, brincando de apagar frases e trocar palavras. Também vejo videos no Youtube nas horas vagas. Aliás, a maioria das minhas horas aqui são vagas. A enfermeira que cuida de mim é uma senhora de 50 anos, muito simpática. Ela traz as refeições e troca o soro. Seu nome é Neuza. Neuza diz que foi milagre o que aconteceu. Segundo Jesus, foi falta de sorte. Aninha jura que Ogumaré me salvou. E minha mãe está convicta de que São Judas Tadeu é o responsável por eu estar vivo. Só Manu afirmou ter sido o acaso. Na verdade, foi um pouco de cada coisa. Depois vou pensar melhor a respeito. Logo mais farei outra cirurgia. Dessa vez, irão consertar um osso da perna. Minha mãe cuida dessas coisas técnicas e já aprendeu o nome de todos os ossos quebrados. Ela não sabe do diagnóstico feito pelo Dr. Oliver. Talvez descubram aqui. Me fizeram uma pancada de exames e até agora nada. Não irei contar. Lembrei onde guardei o papelzinho com o número da Ester. Na porcaria da porta do guarda-roupa, grudado por uma fita crepe pelo lado de dentro. Jesus me trouxe hoje pela manhã e eu liguei usando o celular da Manu. Uma pessoa estranha atendeu e disse que não conhecia nenhuma Ester.

Notas do autor

Textos etnográficos serviram de fonte para a escrita deste livro, especialmente das antropólogas Mirian Rabelo e Ana Paula Luna Sales, e do antropólogo Gabriel Banaggia. Deixo-lhes meus agradecimentos e os créditos.

Agradeço a leitura atenta da amiga Regiane Texeira, e os apontamentos críticos do amigo Pedro Salgueiro.

Sou grato à Secultufor – Secretaria de Cultura de Fortaleza, pelo auxílio atráves do Edital das Artes, especialmente ao analista Thiago Castro, que me socorreu diversas vezes nas dúvidas sobre os meandros burocráticos.

Por fim, gostaria de lembrar que os personagens e as situações desta obra são reais somente no universo ficcional, não se referindo a pessoas ou fatos verídicos, e sobre eles não emitem qualquer opinião.

EDITORAMOINHOS.COM.BR

Este livro foi composto em Minion Pro,
em papel pólen soft, em abril de 2019, para a Editora Moinhos,
enquanto *Coração bobo* era cantado por Alceu Valença e Zé Ramalho.
*
No Brasil, o filho do presidente o impossibilitava de entrar no Twitter.